每天读个好寓言

MEITIAN DU GE HAO YUYAN

吴广孝 编著

吉林出版集团股份有限公司

图书在版编目（ＣＩＰ）数据

每天读个好寓言 / 吴广孝编著. -- 长春：吉林出版集团股份有限公司，2012.1

ISBN 978-7-5463-8253-1

Ⅰ. ①每… Ⅱ. ①吴… Ⅲ. ①寓言—作品集—中国—当代 Ⅳ. ①I277.4

中国版本图书馆 CIP 数据核字(2012)第 004053 号

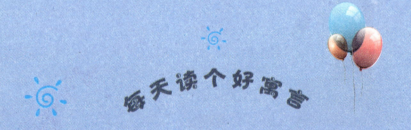

编　　著	吴广孝		策　　划	曹　恒
责任编辑	息　望　付　乐		装帧设计	卢　婷

排　　版　长春市诚美天下文化传播有限公司

出版发行　吉林出版集团股份有限公司

印　　刷　河北锐文印刷有限公司

版　　次　2014 年 1 月第 1 版　2018 年 5 月第 2 次印刷

开　　本　720mm×1000mm 1/16　印　张 12　字　数 50 千

书　　号　ISBN 978-7-5463-8253-1　定　价 39.00 元

地　　址　长春市绿园区泰来街 1825 号泰来出版广场 3 号楼 2 楼

邮　　编　130021

电　　话　0431-88029877

电子邮箱　tuzi8818@126.com

前言

吴广孝先生的文字，历来清新、明快、畅达，富有诗的韵味。这部作品，同样如此。

吴广孝先生有着一颗不老的童心，为孩子们写作品，他总是用孩子们的眼睛去看世界，用孩子们的思维去思考和理解世界上的人和事。童心本身就是诗心，就是对一切事物充满了好奇的心理，它活泼而灵动，对任何事物都格外认真。在吴广孝先生的作品中，无论是抒情还是叙事，处处体现了这种细腻、活泼、灵动，带有儿童思维模式的特点，并且在叙事中也带着浓郁的感情色彩。这样风格的寓言作品，在其他寓言作家的笔下是不多见的。

目录

每天读个好寓言

仙人掌的性格

爱花人的窗台上放着一盆绿色的仙人掌。他的朋友发现花盆里的泥土已经干透了，就问："为什么不给仙人掌浇点水？"

"它十天半月不喝水也能过得去。"爱花人十分有把握地说，"它在美洲的沙漠里，顶着烈日，迎着干燥的热风，从来没

每

天

读

个

好

寓
言

有水喝，也照样长得十分硬实。我是完全了解它那顽强的性格的。"

就这样，爱花人再没有在仙人掌的花盆里倒上半滴水……

时光飞快流逝，仙人掌终于干瘪成细细的一条了。爱花人有点忧伤："这太令人失望了！仙人掌为什么变得这样懦弱？也许，它从来就没有顽强的性格吧！"

蜜蜂的苦恼

小蜜蜂发现，大家都尊敬它，却又有点不愿意接近它。小蜜蜂心里有些想不开。一天，它对最要好的朋友牡丹花说："我为大家酿了蜜，可是，它们却躲着我！我真不明白，这到底

是为什么？"

　　"千真万确，你是酿蜜的。"牡丹花望着小蜜蜂撅着的小嘴，微微地摇着脑袋说，"因此，大家也从心眼儿里喜欢你。不过，你的脾气太暴躁了。有时，谁不留意惹着你一丁点儿，你就马上发火，无情地把人家蜇得鼻青脸肿。我看，这就是大家不愿意接近你的缘故。"

每天读个好寓言

木薯的味道

　　老哲人和黑孩子在沙漠里遇到一丛野生的木薯，黑孩子急匆匆地在地上挖掘出果实，啃了一口。

　　"啊，真苦！"黑孩子皱着眉头，吐着舌头，把木薯扔在沙地上。

　　老哲人微微一笑，领着黑孩子向前走去。他们自信地沿着直线前进，可脚步却以微小的误差沿着弯曲的路线慢慢地移动。他们忍饥挨饿走了三天三夜，那沉重的脚印在沙漠上画出一个不规则的大圆。一老一小又回到野生木薯的身旁。黑孩子马上拾起木薯，贪婪地大嚼。

　　"这果实是你自己扔掉的呀！"老哲人笑着说，"上

面还留着你的牙痕哩！"

"是啊，"黑孩子回答，"现在甜极了。"

骆驼的痛苦

　　老哲人和黑孩子在沙漠中遇
到了沙暴。可怕的风把沙石吹上
天空，整个沙漠成了一座
恐怖的深棕色的坟墓。黑
孩子看见骆驼十分坦然地
卧在沙中，毫无惧色。当
沙暴停息，世界仍是一片混沌，细
沙像雨一样悄悄飘落的时候，骆驼
站起来，抖抖满身的沙尘，又迈着
悠闲的步子向前走去。那驼铃在

朦胧的沙雾中发出悠扬的响声……

黑孩子情不自禁地说："我真羡慕骆驼啊！我要是变成一只骆驼该多幸福！"

魔鬼立刻从沙丘中钻出来，满足了黑孩子的愿望。黑孩子真的变成了一只小骆驼。他脖子上还挂着一个叮咚作响的铜铃。

这时，小骆驼——黑孩子放声大哭。

"你哭什么？"老哲人问，"你不是想变成骆驼吗？"

"我现在才发现，真的变成骆驼是多么痛苦！"

海市蜃楼

老哲人和黑孩子在荒漠中又跋涉了许久，又渴又累。突然，他们的眼前出现了神话般的奇景：一辆一辆的车，一匹一匹的马，一群一群的人，在椰子林下，在波光粼粼的海边，

欢快地往来穿梭。远远看去，这景象是那么真切，又那么恍惚，有一种无法描述的神奇，充满了无声的神秘。

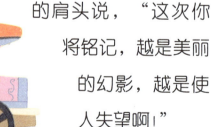

"真美啊！"黑孩子高兴得手舞足蹈，"快，快去找点水喝！"

老哲人理了理银须，亲切地拍拍黑孩子的脑袋，说："去吧，去试试实现你的梦！"

黑孩子跑去了，却失望地走回来。他把头低着，一串泪珠滚落在灼人的沙地上。

"哭吧，孩子，哭个痛快！"老哲人双手按着黑孩子的肩头说，"这次你将铭记，越是美丽的幻影，越是使人失望啊！"

珍贵的钻石

迷了路的老哲人和黑孩子又饥又渴，几乎到了山穷水尽的地步。大地苍茫，夜晚即将来

临，两个人只好坐在温热的沙石上休息，等待满天的星斗。这时，老哲人发现身边有一颗"星星"，一颗纯正的巨大的钻石。

"哎，这无价之宝！可惜，不能解决我们的饥渴！还是不去理睬，让它留在沙漠里吧！"

"不，爷爷！"黑孩子急忙拦住老哲人，说，"钻石总是钻石！我们不能像公鸡那样把不能吃的珠宝当成废物。只要是钻石，将来总会有用处！"

老哲人搂着黑孩子，笑了，心里却凄楚地说："哎，可怜的孩子！我们还能活到使用钻石的那一天吗？"

生命

红日西沉，沙漠上的落日壮丽非凡，老哲人望着辉煌的夕照渐渐变成了恐怖的紫色，一种无法抑制的愁苦涌上心头。他对自己迷失方向将死在荒漠里并不感到十分痛苦。"因为，我已经生活过了，老了。"老哲人在心里

对自己讲，"不过，这可爱的黑孩子也要死去，真使我难过啊！"

老哲人不希望黑孩子感到痛苦，只得想出种种理由

去安慰他，给他希望和勇气。老哲人的理由是那么充分，那么震撼心灵，使他自己也老泪纵横。老哲人从心底里涌出一股巨大的力量："我本来是想死的！现在，我要和黑孩子在一起，勇敢地活下去。"

每天读个好寓言

不懂的就是坏的吗

　　小广场上，一位流浪的盲诗人正拨动六弦琴激情澎湃地演唱一首古老的民谣。老哲人和黑孩子也挤在人群中欣赏。一个大腹便便的爵爷大喊大叫，打断了盲诗人的吟唱。

　　"你为什么要打断吟唱？"黑孩子不平地问。

　　"我不懂他唱的是什么！乌七八糟的！"爵爷一翻眼皮。

　　"什么乌七八糟的？你不懂的就是坏的吗？"黑孩子毫不示弱。

　　"当然！"爵爷瞪起了眼珠。

"你懂烧鱼吗？你懂烤肉吗？你懂熏鸡吗？……你吃得满嘴流油哩，老爷！这世界上你不懂的东西太多了。如果，你不懂的全都是坏的，你自己也会活活地饿死！"

爵爷听到黑孩子的话气得直吹胡子，众人和老哲人却为黑孩子热情地鼓掌。

万能小刀

黑孩子被集市上一种金光闪闪的万能小刀吸引住了。这种小刀像一只八足的章鱼，伸出铮亮的刀子、剪子、锤子、起子、扳子、钻子、叉子、勺子和掏耳勺，真是五光十色，五花八门。

黑孩子拉住老哲人的手，央求说："爷爷，好爷爷，

给我买一把万能小刀吧！有了它，我什么都可以干了！"

"好吧，我们买一把！"

黑孩子惊喜地玩弄着小刀，眼里流露出无比的欢欣。

老哲人笑着说："这是一个很好的玩具。不过，我要告诉你：它什么都是，什么也不是！大概，世界上数这种东西最华而不实了，白白有十几个动人的头衔！"

美丽的红珊瑚

　　蔚蓝的海洋中，美丽的红珊瑚透明、晶莹，像一棵玲珑多姿的火树，周身闪着光辉，在微微的海流里，婆娑起舞，光彩夺目。

　　一群五彩鱼十分喜爱这美丽的红珊瑚，它们围着它游来游去，唱着赞美诗，就像可爱的小鸟围着大树边飞边唱一样。可是，这群五彩鱼却对珊瑚上的珊瑚虫很反感。

　　"讨厌的珊瑚虫，给美丽的红珊瑚减了色！如果没有这些东西该多好啊！"五彩鱼耸耸肩膀说道。

　　"不，你们说得不对！"红珊瑚摇摇缀满了宝石的

19

腰身说："你们走南闯北，了解世界的广大，应该明白：伟大学者的丰富经验和无穷智慧，是一点一滴积攒起来的。同样道理，我王冠上面的每一颗珍珠，正是由这些细小的珊瑚虫千百年来日积月累、一点一滴堆成的啊！"

每天读个好寓言

乌鸦骂雁

秋天来了。

秋风把枫叶染成红色。

一队大雁迎着强劲的秋风唱着战歌飞向南方。

雁啊，在那漫长的旅途中要经受多
少考验啊！要战胜滚滚的风沙，
要战胜惊涛骇浪，要战胜
漆黑而危险的长夜，
要战胜身体的
疲劳……

　　一只乌鸦

站在松树上，望着整齐的雁阵，大骂起来："这群胆小鬼，又逃向南方了！你们总是怕北方的风雪，一点骨气也没有！"

松树听见乌鸦的聒噪，说："你没有大雁的理想和胆识，也没有大雁的翅膀和力量，你去不了南国，只能在坟墓和十字架上呱呱怪叫。但是，大雁绝不会因为你的叫骂而中断自己光辉的旅程！"

每天读个好寓言

22

小猴吃辣椒

小猴在路上看见一个西红柿，通红通红的西红柿。小猴把它拾起来，吃了。

"啊，真好吃！多么，多么……"小猴没有找到恰当的形容词，心里只记下：通红通红的东西好吃。

小猴顺着路往前

走，又遇见一个红辣椒，通红通红的红辣椒。小猴急忙把它拾起来，不假思索地塞到嘴里。

"哎哟！这是什么鬼东西呀！……是火！一定是火！"

这"火"烧红了小猴的脸，又通过肚肠，烧红了小猴的屁股。从此以后，猴子的脸和屁股都是通红通红的了。

天鹅和狐狸

　　洁白的天鹅在月下戏水。一只狐狸悄悄地走过去，准备暗下毒手。幸亏天鹅听见了岸上可疑的声响，有所警惕，马上离开岸边，向湖心游去……

　　狐狸"噌"的一声冲到湖边，可是，迟了，天鹅已经游走了。它马上露出笑脸，摆出媚态，对天鹅甜蜜地喊道："哦，我的月下仙子，你是多么轻盈，多么美丽啊！有了你，明月和星星都暗淡了；有了你，我的心才激起火热的诗情！"

　　天鹅飞走了，理也没有理湖边的"诗人"。

啄木鸟的闹钟

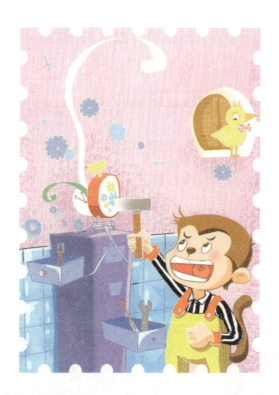

啄木鸟的闹钟坏了，猴子自告奋勇给它修理。啄木鸟抱着不响的闹钟有些犹豫。

"请放心吧！"猴子说，"别不相信我的手艺。亲爱的朋友，什么伟大的事业不是靠热情创造出来的？我有足够的热情！请你摸摸我的心吧，它跳得多么激烈啊！这是我的热情在燃烧！"

啄木鸟被猴子的热情深深地感动了，顿时打消了心中的疑虑，爽快地把闹钟交给了猴子。

"请一星期后来取吧！"猴子向啄木鸟招招手，抱着闹钟爬到树上去了。

一个星期以后，啄木鸟来取闹钟。它心想：闹钟一定会清脆地响起来！可是，它却看见一堆弄坏了的零件。修表匠哪儿去了？只见猴子正用牙咬着闹钟上的小铃铛，用铁锤敲着小齿轮……它干得那样起劲，连啄木鸟站在身边都没有察觉。

啄木鸟无可奈何地摇摇脑袋，摊开双手："没有知识，光有热情是捉弄人！……可是，浪费的时间却无法挽回了。"

兔子买跑鞋

兔子有机会观看了一次人类的运动会。

兔子看见运动员跑得飞快，忽有所悟："原来人们都穿着跑鞋啊！"

于是，兔子马上离开运动场，跑到体育用品商店，买了一双跑鞋。它高兴地想："这回猎人抓不到我了，猎狗也别想追上我了！"

兔子回到森林，坐在草地上穿起精美的跑鞋。正在这时，猎人领着猎狗赶来了。

"不用着急，不用慌！"兔子暗自对自己说，"我有跑鞋呢！"

猎狗汪汪叫着，扑过来。

猎人端着枪跑过来。

兔子穿好跑鞋，纵身一跳，"叭"的一声栽了个跟头，再也爬不起来了。

猎人来到兔子跟前，拎起兔子耳朵，笑着说："谁叫你生搬硬套！"

鹰和狐狸

苍鹰捉住了一只兔子，落在树上准备吃早餐。突然，从落满白雪的松树林里蹿出一只火红的狐狸。狡猾的家伙抖落满身的雪花，抬头望望鹰爪下的兔子，不觉流出了口水。

"敬爱的鹰，我们森林的神鸟，我们至高无上的王！早晨好啊！"

狐狸搜索枯肠，寻找着能够打动鹰的语言，"在这黎明时刻，您已经展翅高翔，为我们迎来了那火红的太阳！我真想放开喉咙，纵情高歌，赞美您为我们带来了漫天的霞光……"

"算了吧！狐狸先生！"鹰昂起头，说，"我可不是喜欢听奉承话的那只蠢乌鸦！……如果你需要一块兔肉，我可以给你一根骨头；如果你想要把戏，像愚弄乌鸦那样愚弄苍鹰，对不起，小心你的眼睛！"

长城

老哲人和黑孩子来到万里长城。他们兴致勃勃地登上烽火台，眺望着莽莽群山。老哲人背着双手，强劲的塞外的风吹动着他银白的胡须和长袍。老哲人望着苍穹中自由翱翔的雄鹰，觉得自己也高大起来，感到作为人类的骄傲和自豪。他的心中自然而然地涌起对修建长城的民族的崇敬和叹服。

"长城！真伟大啊！"黑孩子张开双臂高声叫着，

"啊——啊！伟大的长城，我来看望你啦！"

接着，黑孩子回过头，激动地
问老哲人："爷爷，这样伟大的长城
是怎么修建的啊？"

"是一块砖一块砖垒起
来的！"老哲人回答说。

孔雀和蚂蚁

最喜欢发表言论的蚂蚁，围着孔雀的左爪子转了一圈，又"呸"地吐了一口唾沫，轻率地说："不用再看右爪子，我担保，这是一只呆头呆脑的火鸡！"

　　孔雀歪着头望了一眼蚂蚁，就用那金光闪闪、绮丽动人的长尾把蚂蚁扫了一个跟头："不要只看一只脚爪就忙着下结论吧！"

鸟市

老哲人和黑孩子来到鸟市。

黑孩子马上被五花八门的鸟笼和五彩缤纷的小鸟牢牢地吸引住了。他蹲在一边，听着"啾啾"的鸟叫，如醉如痴，竟忘记了赶路。从清晨一直到中午，从中午又到黄昏，黑孩子托着腮蹲在鸟笼旁。老

哲人耐心地等着，最后不得不拍拍他的肩头，轻声地说："孩子，让我们离开这里吧！"

"不，爷爷，我还要听一会儿！这歌声美极了！"

老哲人宽厚地摇摇头，说："走吧！孩子！笼子里是不会有美丽的歌的。难道你没有听出来，这里的每一首歌都是一声叹息！"

39

不受信任的火鸡

　　火鸡先生，也叫吐绶鸡，脸上长着肉质的瘤状突起。它独自一人坐在酒吧一角，喝着闷酒。它的同乡朋友白鹅走过来坐在它的对面，问："怎么愁眉苦脸的？"

　　"哎，说来话长。我在新公司已经工作一个多月了，我发现，人们总是对我投来怀疑的目光，不信任我。"火鸡说。

　　白鹅看看火鸡的脸。那是一张十分善变的怪脸，一会儿粉红，一会儿青蓝，一会儿淡紫，一会儿紫红……

　　白鹅笑了，说："你有一张善变的面孔，谁敢相信你呢？"

无名烈士纪念碑

每
天
读
个
好
寓
言

在荒凉的国境线，青翠
的草地上有一座用乱石砌
成的无名烈士纪念碑。
碑上爬满了青苔，四
周长满了杂草。碑
上的文字已经被
风吹得残破，

只留下一条条时间走过的足印。老哲人停住脚步，虔诚地向烈士致敬。

"爷爷，这是些无名的人，您都不知道他们是谁，干吗要向他们致敬呢？"黑孩子问。

"孩子，"老哲人严肃地说，"的确，我不知道他们的名字，可是，我知道他们的事迹啊！"

金鱼和猫

不知谁家给金鱼换水，把金鱼缸摆在四合院的院子里。千姿百态的金鱼像有生命的珠宝，闪着奇异的光彩，在水中游荡。

一只猫从厨房蹿进院子，瞧见金鱼，马上扑上去。幸亏坚硬的玻璃保护着金鱼。猫儿好不晦气。

"喵！喵！"猫儿叫着，弓起腰，围着金鱼缸转了几圈，最后蹲在鱼缸旁，说，"金鱼，你们多么丑啊！一个个奇形怪状，拖着长尾巴，腆着大肚子，整天在这小小的天地里游荡！难道你们不觉得无聊吗？你们听说过鲤鱼吗？我在厨房里见过。它们能在江河里遨游，能在湖泊中翻腾，能跳过龙门！鲤鱼的颜色也好，绝对没有你们这般花哨和妖艳！"

听过猫儿的高论，金鱼回答："勤劳的人们花费了几百年的时间和精力才在鲫鱼中把我们筛选出来，精心培育成绚丽多彩的金鱼。我们是美是丑世间早有定论。我想，亲爱的猫先生，这你也是知道的。今天，你大加赞美鲤鱼，却拼命咒骂金鱼，大概是另有原因吧？"

天鹅岛

老哲人和黑孩子来到天鹅岛。成群的天鹅友善地围上这一老一少。黑孩子抱住一只天鹅，说："天鹅，你知道为什么人们喜欢你吗？就是因为你美。"

"不对！"天鹅摇摇头说，"美和丑，不同的人有着不同的标准，丑人国

46

里，一两个健美的人是最丑的。正如在耗子的眼中，猫
是最丑的一样。"

　　"那么，人们为什么喜欢你呢？"黑孩子问。

　　"因为我们从来不加害任何人。"天鹅回答。

　　老哲人听到天鹅的话，心悦诚服地点点头，心想：
"如果耗子能够改正它们的恶习，也许，人们也会喜欢
耗子。"

海豚的问题

每天读个好寓言

老哲人和黑孩子又回到海上。真可怕，他们遇上了暴风雨！他们的小舟被浪头击碎了。老哲人和黑孩子跌进深渊，被埋葬在波涛里……一切生的希望即将不复存在，老人的哲理，孩子的天真，都将永远地化为遥远的回忆。

突然，一群海豚赶来，将老哲人和黑孩子托出水面，又把他们送到海边。老哲人非常感激海豚，在离别的时刻，他说："心地善良的海豚，你们有什么事需要我帮忙吗？"

海豚想一想，说："我们只有一个问题，请您帮忙回答。为什么，我们——心地善良的、与人为善的海豚，却常常遭到鲨鱼的攻击？"

老哲人坐在海滩上，抱着头痛哭起来。他回答不出一条普通的海豚提出的问题。

49

巨大的鲸

老哲人和黑孩子在海边走着，黑孩子的脚趾头被一只小蟹咬伤了。他坐在沙滩上哭了起来。这时，在远方出现了一条大鲸。

"孩子，快看！海里有一条大鲸！看清楚了吧，像喷泉似的！那是鲸在呼吸。"老哲人指着大

海，告诉
黑孩子鲸的位置。

　　"啊呀！真大呀！"黑
孩子惊奇地说，"这么大的鲸一定很凶吧？"

　　老哲人笑着摇摇头，说："大的并不一定很凶恶，往往是那些像小蟹一样的小爬虫才会加害于无辜哩！"

龙

一个消息如同晴天霹雳：海湾里出现了龙！

人们蜂拥到岸边的悬崖上，从远处望一望传说中的怪兽。老哲人和黑孩子也来到悬崖上，根据人们的指点，费了不少力气，才在粼粼的水光中看见那怪物。

52

"爷爷，您瞧！那龙多像一条蠕虫！"黑孩子说。

"凶猛的老虎离我们远了，可以成为无害的小猫；威严的大象离我们远了，可以成为可笑的跳蚤。自然，龙也不在话下。不过，你到它身边试试！"老哲人说。

路标

在通向国境线的十字路口有一个路标。它为人们指示着方向。

"爷爷，您看，这个路标知道我们要去的地方哩！……"说着，黑孩子顽皮地向路标吐吐舌头，又深深地一鞠躬，"谢谢您啦！路标老爷爷！"

老哲人笑了，说："它是一块木头，是不用感谢的，还是感谢设置路标的人吧。"

暴风雨中，小舟在浪头上像一片枯叶起伏不定。

"爷爷，这恶浪多么可怕呀！"黑孩子一边奋力掏着船里的水，一边说。

"是啊，恶风恶浪很可怕！不过， 海上还有更可怕的东西。" 老哲人说。

"还有更可怕的？" 黑孩子吓得瞪大了眼睛。

"是的。"老哲人肯定地回答。

"那是什么？"

"暗礁。"

蜘蛛的包袱

蜘蛛在路上拾到一个大口袋，打开一看，全是亮闪闪的金币。

"嘿，我真有福！"蜘蛛看看四周无人，急忙背起大口袋，溜回家中。

蜘蛛自从有了金币，总怕失主找上门来，天天担惊受怕。它吃不好，睡不香，苦苦地琢磨着保住金币的办法。蜘蛛一天天消瘦下去，最后成了皮包骨，只剩下八条细如铁丝的长腿。可是，它仍把那个亮闪闪的大包袱紧紧地背在身上。

一天，蜘蛛气喘吁吁地爬到一面镜子前，看见自己的怪相，不觉大吃一惊："啊呀呀！我怎么瘦成这样！太可怕了！金币把我害得好苦啊！"

"是啊，"太阳和颜悦色地说，"你的所作所为，我都看见了。你把别人的财宝拿去了，别人的财宝把你的快乐和健康拿去了。这是最公平不过的了！"

燃烧的蜡烛

蜡烛异想天开，在白天燃烧起来。它那炽烈的火焰不停地闪动、跳跃，还不时地爆发出啪啪的响声。

蜡烛高傲地昂起头，显示着自己的才能。也许是由于过分激动，它的脸变得通红通红，整个身子也变红了。

"我的孩子，你在做什么？"太阳看见蜡烛的点点火星，问。

"难道，您没有看见吗？"蜡烛骄傲地叉着腰说，"我在燃烧呀！我正把自己青春的火光和生命贡献出来呀！"

"你是把自己青春的火光和生命浪费掉！"太阳严肃地说。

"啊？！"蜡烛惊愕地瞪大了眼睛。

"孩子，现在是白天，世界是明亮的，根本不需要你的光。你应当学会珍惜自己的精力和才能，不应把力量消耗在无益的事情上。"太阳开导它说，"当夜晚来临的时候，你再和天上的星星一起燃烧吧！"

积 水

刚刚下了一场大雨，院子里积了水。

积水映着蓝天和彩虹，觉得自己大如海，就自言自语地说："我和海洋是兄弟。"

正巧，一只小猫听见了积水的话，喵喵地叫了一声：

"算了！连一条小鱼都没有，算什么海洋！"

蒲公英

蒲公英开花了。黄色的花瓣又一片一片地落去，花托上长出一个可爱的洁白的绒球。啊，蒲公英结果了！

一阵阵风吹来，把蒲公英的种子送上晴空。那白绒球变成几十个小降落伞在蓝天白云下飞呀飞。

太阳公公看见它们朝气蓬勃，天真可爱，笑得眯起眼睛，招招手嘱咐道："孩子们，记住，别落在表面上金光闪闪的地方，那是沙漠。也不要被银花朵朵的波涛迷惑，那是湖泊。那朴朴实实的地方是大地，那里才是你们生根长叶的地方！"

一朵朵洁白的降落伞向太阳招手致敬，千万颗种子齐声回答："放心吧，太阳公公！我们到大地去！"

可是，有两颗小种子却没有去。其中一颗望了望下面的大地，说："这黑黑的泥巴有什么油水。瞧远处金光闪闪，那里一定有宝贝。我去了，准会变成百万富翁！"

于是，它就向沙漠飞去。

另一颗落在湖泊里，它得意地说："黑黑的土块有什么诗情？我最喜欢这银波闪闪的梦境！"

第二年的春天到来了，沙漠里的蒲公英种子早已枯死了，湖泊里的种子早就淹死了，只有大地上的种子，生根发芽，茁壮成长。瞧，在金灿灿的阳光下，千万朵金花竞放，把大地装扮得多么美呀！

骄傲的红玫瑰

每
天
读
个
好
寓
言

玫瑰园里有一棵美丽的小玫瑰，它长得挺拔俊秀，花瓣像一块块通亮的红玛瑙，叶子又像透明的绿翡翠。谁见了它，都会说："这朵玫瑰多美丽啊！"可惜，这最美丽的玫瑰是一朵十分自傲的小玫瑰。

春风吹拂它，它说："不要

66

动我，我是天生的红玫瑰！没有春风，我照样开花！"

清新的露珠落在它的叶子上，它又叫起来："走开，走开！多么没意思！少了雨滴，我就不能开出火红的玫瑰花吗？我是天生的红玫瑰！"

太阳把金色的光辉洒在玫瑰的脸蛋上，小玫瑰却皱起了眉头："啊呀！干吗刺我的眼睛？我要在树荫下养神，不要打扰我！我是天生的红玫瑰！"

小玫瑰双手抱肩，鼻孔朝天，闭上了眼睛："我谁也不需要！我是天生的红玫瑰！"

当它这样说的时候，玛瑙一样的花瓣却一瓣一瓣悄悄地落下了，翡翠一般的绿叶也一

片一片地变得枯黄了。

百花争艳的时刻到了，处处是万紫千红，处处是花的海洋。那朵骄傲的小玫瑰被一阵阵欢快的笑声惊醒。

嘿！眼前是多么美丽的花海啊！可是，它一低头，发觉自己浑身变得光秃秃的。

"啊呀呀！我是怎么了！……"小玫瑰看见自己这副怪样子，难过得哭了。

园丁走过来说："没有阳光雨露，哪来的万紫千红！记住，世界上从来没有不要阳光雨露的红玫瑰。擦擦眼泪，重新开始吧！"

白杨树和风沙

骄横的风沙吹断了白杨树。白杨树灰绿的枝条低下头，绿油油的树叶失去光泽，渐渐地枯萎了……

风沙得意极了！它趾高气扬地望一眼白杨树，阴险地笑道："白杨树，你不是常讲，愿意快快长大，把绿荫洒给路人吗？多么美好的理想啊！现在，请给吧！嘿，嘿，嘿……"

白杨树在痛苦中听到风沙的狂

叫没有争辩，也没有理会扬在脸上的沙粒和灰土。断了的树干上又长出两枝小芽。几年过去了，经历了几番风雨，白杨树长得葱茏高大，青翠挺拔，那两个反抗风沙的小芽已经变成了粗干，它们枝叶繁茂，绿荫如盖。

白杨树呵，它不仅唱着歌把绿荫洒给路人，千万棵白杨树还挽起手臂，筑成了绿色的屏障，把骄横的风沙挡住。白杨树朗朗地笑了："风沙呵，你曾不止一次地把我吹断，把灰土和沙粒撒在我的伤口上，使我遭受很大的痛苦，但，那并不意味着你比我强大，我只是力量暂时比不上你罢了。不过，笑到最后的，却不是你!"

紫丁香

五月的花园里飘荡着紫丁香浓烈的香味。小蜜蜂深深地吸了一口，笑得浑身发颤，轻纱般的翅膀也跟着抖动起来了："嘿，真香！香得叫人心醉！……丁香真好啊！"

"你说得不对！"小蝴蝶摆动着两根触须说，"你没瞧见，玫瑰花多艳丽！还有秋菊，又清秀，又俊逸！蔷薇就更别提多么动人了……"

"可是，都比不上紫丁香！"

"紫丁香有什么！看看它的小模样吧！小脸蛋多晦气，阴暗得一塌糊涂。要论颜色，紫罗兰比它漂亮多了！"小蝴蝶一口咬定。

小蜜蜂沉默了，仿佛有点伤心呢。

"你怎么不讲话了？"小蝴蝶像打了胜仗似的，叉着腰问。

"你这样不近情理，我还能讲什么呢？"小蜜蜂摇摇脑袋，"你为什么只看外表？即使只看外表，丁香花也绝不像你讲的那样晦气！"

蝴蝶瞪起了眼睛："那么，你喜爱丁香有什么根据呢？"

小蜜蜂摘下一片丁香花的叶子，说："喏，它为了酿出沁人心脾的芳香，把苦味都留给自己了。你尝尝它的叶子，它

的汁多么苦啊！"

　　小蝴蝶尝了一下，苦得皱起眉头，伸出了长长的卷曲的舌头。

　　"把苦味留给自己，把芬芳献给大家。这样美丽的花，这样美丽的心灵，难道不是最值得称赞的吗?"

箭在空中嗖嗖响，追上飞翔的鸟，并且夸口说："瞧，我比你们飞得快！"飞鸟没有理睬它。

当箭头耗尽了弓弦给它的力量，它就像干树枝一样跌落在地上。可是，鸟群仍在蓝天上翱翔。

向日葵和牵牛花

向日葵的根牢牢地扎在土里，靠着自己的力量，一点一点地长起来。牵牛花却不然，它把身子缠在绳子上，轻巧得如同一只毛猴，几天的时间就爬到房顶上去了。它高兴地吹着喇叭，还不时地嘲弄着向日葵："向日葵，你太

笨了！太没有办法了！只会靠自己，长得多费劲！瞧瞧我，依傍着靠山，直上青云！"

　　夜里，暴风雨把牵牛花爬的绳子吹断了。当太阳露出笑脸，阳光洒满大地的时候，牵牛花像一团乱麻，倒在泥水里哭泣，而向日葵仍然牢牢地站在大地上。

每天读个好寓言

　　野猪、狐狸、驴和癞蛤蟆组成了四重唱歌咏团。每当云遮新月，它们就站在大树墩上彻夜号叫。野性十足的野猪放开喉咙疯喊，妖里妖气的狐狸故意拿腔拿调，总是一本正经铁青着长脸的驴摇耳干号，癞蛤蟆瞪圆突出的眼睛呱呱聒噪……这四重唱啊，说不尽的嘈杂、喧嚷、狂乱和胡闹，搅得林中每一片绿叶、每一朵红花都不安宁，把夜莺、云雀、画眉和所有一切能歌善舞的鸟儿都赶到深山去了。可是，这四位歌手结束演出的时候，癞蛤蟆总是第一个跳出来，甜言蜜语地对狐狸说："啊，您的声音多么迷人哟！真不愧是金嗓子歌星啊！"

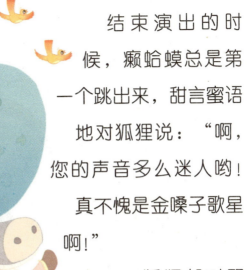

狐狸却对野猪说："你才是独树一帜的歌唱家！"

而野猪拍拍驴的长耳朵，说："您的嗓音多么富有韵律，您真具有歌唱的天才！"

驴子却弯下腰向癞蛤蟆致敬："您，不仅是位伟大的艺术家，还是一位了不起的音乐评论家！"

可是，整个森林却说："像你们这样的'歌手'消失才好！而且愈快愈好，愈早愈好！"

荷叶与荷花

有一片荷叶十分倾慕洁白的荷花，并幻想着有一天也变成一朵荷花。它内心深处常常羡慕地说："哪怕只是那么一小朵也好啊！"可是，荷叶总是荷叶。满池的荷叶从来不嫉妒荷花，相反，它们更加爱恋，更加尊敬，更加愿意陪伴洁白的荷花。

荷叶与荷花

春雨声中，荷叶随着小花苞歌唱；夏风吹来，荷叶陪着盛开的花朵翩翩起舞；秋风潇潇，花瓣落尽，荷叶还在保护着挺拔的莲蓬，怀念着自己亲爱的朋友……

"荷花是美丽的，荷叶也是美丽的。"一只聪明的小蜻蜓对它的同伴说，"不相信吗？你想想，哪个伟大的诗人和伟大的画家把荷花和荷叶分开过？"

月 亮

十五的月亮升起来，又圆又亮。铜匠、农民、勇士和财主都在赏月。

老铜匠望望月亮，赞叹道："好漂亮的铜镜！多么高超的手艺，真是巧夺天工啊！我应当做这样美丽的镜子送给人们。"

农民看看月亮说："呵，好圆的一个车轮！用它造一辆推车，给地里运肥，给人们运粮，该是多么痛快！"

勇士指指月亮，摩拳擦掌：

每
天
读
个
好
寓
言

"好光彩的盾牌！用它能挡住锋利的箭，把敌人消灭！"

　　大肚皮财主紧盯住月亮，垂涎三尺，贪婪地张开手臂伸向明月。

　　"这块大金元是我的，是我的，是我的！"

每天读个好寓言

猩猩主办一个绘画展览。开幕前夕，野猪在展览大厅里东奔西跑，急急忙忙张挂作品。猩猩口叼雪茄，背着双手，悠然自得地东张西望。突然，野猪跑来说："猩猩，在正厅有一幅大油画，正挂像一丛树，倒挂像一摊泥，乌七八糟，分不清是啥名堂……"

"是谁送来的？"

猩猩头也没回，威严地打断了野猪的话。

"猴子！"野猪答道。

"噢，那就堂而皇之地挂在正厅！"

"是正挂，还是倒挂？"

"正挂倒挂有什么关系？"

猩猩有些不耐烦地弹雪茄灰。野猪莫名其妙地耸耸肩："看不懂呀！"

"艺术嘛，用不着看懂！不过，请记住，凡是我们猩猩、猴子的作品，肯定都是杰作！"

雨的疑问

　　乌云滚滚遮住了太阳，又泼下一阵雨。田里的禾苗都伸开双手迎接银闪闪的雨珠。农民伯伯也仰起笑脸，任雨珠落在古铜色的脸上，伴随着喜悦的泪水往下流。

　　滚滚的乌云来到洗衣店前，院子里正晒着衣服，乌云也泼下了一阵雨。一群工人马上跑出来，一边收衣服，一边抱怨。

　　"为什么抱怨？"乌云问。

　　"你没有看见晒着衣服嘛！"

　　"那为什么农民伯伯喜欢我？"

　　"农民伯伯喜欢你，不错，因为天旱了嘛。可

是，你要记住，下起雨来，不分时机，不分地点，下个
没完没了，发了大水，农民伯伯也会抱怨你的。"

"那我怎么办呢？"乌云问。

"帮助那些真正需要帮助的人！"

毛驴和影子

　　胆小的毛驴乘着明亮的月色回家，它提心吊胆地沿着平坦的公路走着。突然，它一回头，看见身后紧跟着一个怪物：黑色的身子，一颤一颤的长耳朵，撅撅嘴，四条细细的腿和一条难看的尾巴。

"啊呀！鬼！"毛驴一声惊叫，撒腿就跑。跑呀，跑呀，跑过山谷，涉过溪水。毛驴以为早把怪物甩到后面了。可是，他一回头，那怪物正气喘吁吁地摆动着长耳朵站在身边。

小毛驴激怒了，忘记了胆怯，"当"地给怪物一蹄子。怪物也不示弱，学着毛驴的样子还给它一脚！毛驴横下心来，疯狂地踢呀踢，直累得口吐白沫，倒在地上。毛驴睁眼一看，那怪物还蹲在身边呢！

小毛驴咽下了最后一口气。可是，它到死也不明白，那怪物就是自己的影子。

会飞的火车头

火车头自己开足了马力，喷着白色的蒸汽，吐着黑色的浓烟，一路上吹着刺耳的哨子，像风一样飞快地奔跑。它的轮子飞转，"空——突突，空——突突"，沿着长长的轨道滚动，穿过一座座隧道和桥梁，越过山谷和平原……火车头通过一个大火车站，对站台上的车厢高声喊叫：

"嘿嘿！伙伴们，快瞧瞧我吧！快开开眼界吧！看，我跑得多快！跟插上了翅膀一样！真正是急如流星，快如闪电呀！我是一个会飞的火车头！"

一列列车厢和满车的货物撇着嘴说："你不带领我

们——车厢和货物，自己
即使真的飞起来又有什么
用处呢？"

美人松的不幸

每天读个好寓言

长白山有一棵俊俏的美人松。在明亮的月光下它婆娑起舞，犹如出水的仙子；在灿烂的朝霞里，它身披红袍，恰似一位威武的将军。春天，它最先吐绿，青翠的树叶比少女的长发还美。冬天，它秀丽的树干托着皑皑白雪，赛过运动员健美的腰身。

在夏季漆黑的雨夜里，狂风大作，发生了一件人们料想不到的事情：俊俏的美人松倒了！

第二天清晨，被雨水冲洗过的天空霞光万里。

霞光看不见美人松的身影，急忙问："美人松哪儿去了？"

一会儿，太阳从林海里爬上来，也没有看见那漂亮的大树，马上大吼起来："美人松哪儿去了？"

一群啄木鸟飞来，落在倒下的美人松上。它们像高明的医生，啄开树皮，给美人松做剖腹检查。最后，严肃的啄木鸟无限惋惜地说："内脏里没有一点毛病。没有腐朽，也没有生虫。只是，哎……"

啄木鸟望着那露出地面的短短的树根，又长叹了一口气，说："只是树根扎得太浅了，经受不了狂风的吹刮啊！坚实的基础太重要了！"

93

灰狼的乳汁

小羔羊刚刚出生就失去了妈妈。

哎，它可怜的妈妈被灰狼拖到树林里去了。

小羔羊两只眼睛满含泪水，喊着妈妈，在草原上流浪……

一个风雨交加的夜晚，灰狼来到小羔羊身

边。

"乖乖！这么点儿的孩子就失去了母亲，真叫我心疼哟！"

说着，灰狼抹了一把眼泪。

"来吧，来吧！可怜的孩子，快到干娘的怀里暖暖身子。乖乖，你一定饿了，快来吃点干娘的乳汁吧！"

善良而毫无经验的小羔羊真的把灰狼当成了亲人，并且高兴地吃了狼奶。

"甜吧？我的乖乖！"灰狼舔着舌头说，"走吧，跟干娘到树林里去吧！那里还有更好吃的东西哩！"

小羔羊跟着去了，却再也没有回来。

灰狼的乳汁

95

猩猩装人

  猩猩戴上礼帽、穿上西装，又扎了一条鲜红的最时髦的领带。

  猩猩站在穿衣镜前，自我欣赏着，不时地扭几下腰，说："嘿嘿，真还有个人的模样哩！"

  几只小猩猩在一旁拍着手，出谋划策："要是有一副茶色眼镜就更帅了！"

  "还得有一支文明棍！"

  "还需要一双皮鞋！"

  ……

  猩猩很快弄到了所需要的一切，穿戴整齐，就在大镜子前面照来照去，十分得意。小猩猩们一个劲地鼓掌欢呼。

狐狸听见猩猩家里十分热闹，就过来看看。

"啊呀！猩猩大哥真漂亮！"

"怎么，还是猩猩大哥？难道我这一身打扮白费了吗？瞧瞧我的眼镜、文明棍和皮鞋！再看看我的礼帽、西装和领带！……难道这一切不是人的特征吗？"

狐狸马上明白了猩猩的意思，笑着从兜里拿出一封信，说："请帮我看看，这信上写着什么？"

猩猩接过信，傻了眼。

狐狸笑着说："打扮成人的模样是容易的，可是，具有人的聪明才智就难了！"

耗子的名声

每天读个好寓言

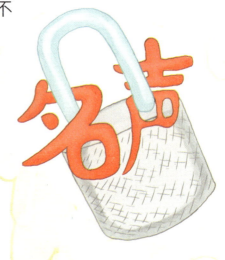

聪明的耗子白天是不出来活动的，即使在深夜到厨房偷油喝，也是百倍小心，神出鬼没，连星星和月亮都觉察不到耗子的行踪。

真不幸，耗子的名声却坏得吓人。

"这是怎么搞的?!"在一次集会上,耗子们互相问道。它们你看看我,我望望你,大眼睛瞪小眼睛,谁也找不到答案,个个沉默不语。

这时,一只小耗子打破沉寂,叫道:"我建议,偷一把大锁,把那个该死的坏名声锁起来!"

老耗子哭笑不得地拉住小耗子的尾巴,使劲地把它拖下来,说:"傻小子,快坐下吧!坏名声有翅膀,是锁不住的!"

洪水和老鼠

　　洪水吐着白沫，啃着堤坝，恨不得一口咬碎大堤，把堤外的房屋、田地和一切生灵都吞掉。

　　老鼠最恨人和猫，趁着黑夜，它悄悄地溜到大堤，挖了几个洞，把洪水引进来，想叫洪水把人和猫都淹死。洪水呼号着从老鼠挖的洞口涌进来，淹没了房屋，淹没了田地……

　　当洪水淹没了一切，才想起立了大功的老鼠。

"老鼠，老鼠，你又钻到哪儿去了？"

亲切的呼唤传得很远很远，老鼠却无法听见了。瞧，在翻滚的浊流上，被灌死的老鼠肚子滚圆，像一条死鱼似的翻白了。

吹牛家

一个喜欢吹牛的家伙在公园里遇到了一位多年不见的老朋友，马上拉住他的手说起大话："啊呀，老朋友！我们多年不见，你知道我到哪儿去了吗？说起来话长了，我乘船旅行，在大海上遇到了暴风雨，船沉了，我漂流到一个说不出名的国家。嘿，在那儿，我只用三天的时间就学会了外国语，三个月之后就被国立大学聘请当了名誉教授。

后来，我应邀参与政事，先当了外交大臣，后当了总理，最后国王把公主许配给我，准备让我继承王位。老朋友，你是知道的，我最不爱出风头！所以，国王的好意被我谢绝了。你也知道，我是最不喜欢说大话的，别人听见我这样讲，说不定会说我在吹牛哩！"

吹牛家的声音十分洪亮，可是人却不见了。他的朋友急忙寻找，原来吹牛家变成了像蝗虫一样大的小人，正在草丛中大吹大擂哩！

"我的天！这是怎么了！"吹牛家的朋友说。

"不要奇怪。"一只博学的白头翁在枝头上说，"我记得一位学者说过，大话和人格成反比。大话越高，人格越低啊！"

吹牛家

聪明泉和青蛙

　　传说，庐山聪明泉会使人变聪明。所有到过庐山的游人都想方设法去聪明泉一游，喝点使人聪明的泉水。

　　一只青蛙也慕名而来，想喝点泉水。它来到聪明泉，操起竹筒碗，一碗又一碗地喝，直到肚皮鼓得像个大皮球，还不肯放下手里的碗。后来，小青蛙抱着肚子叫起来："哎哟哟！肚子好痛哟！"

　　"你为什么要喝这么多水？"游人围上来问。

　　"我……我……我想变得聪明些。"小青蛙含着眼泪，低声地回答。

　　"哈哈哈！"人们笑起来，"是的，这泉水一定会

使你变得聪明些！
你以后再也不
会把空虚缥
缈的传说
当成现
实了！"

莲花和小青蛙

碧绿的莲梗把欲放的花苞托出水面。轻风中，花苞露出笑脸，吐出芬芳，莲花开放了。

蜻蜓、蜜蜂、小燕子和小鱼一起到来，齐声赞美莲花的皎洁和美丽。只有蹲在莲叶上的一只小青蛙直摇头："有什么可以夸耀的，一年前莲子还躺在一团黑泥里睡觉呢！"

蜻蜓、蜜蜂、小燕子和小鱼听见小青蛙的议论，一齐大笑起来。小鱼望了一眼小青蛙，十分友善地说："喂，青蛙老弟，三个月前，你还拖着一条长尾巴哩！"

叹息的鸭子

每天读个好寓言

一只小家鸭在湖边摇摇晃晃地走着。突然，它听见了天鹅的叫声，抬头一看，只见成群的白天鹅扇动着健美的双翅飞过来，落在碧绿的湖中。

"哎！"小家鸭长长叹了一口气，说，"我就是没有这样一双翅膀！"

天鹅听见了鸭子的叹

息，扬起美丽的长脖子，说："朋友，把叹息的时间用在飞翔上，你也会有一双直冲云霄的双翅的。怎么，不相信吗？瞧，在天上飞着的野鸭和你是一个祖先！它们飞得多么好呀！"

小白兔的尾巴

夏夜，繁星满天。鸽子、马、牛和小白兔坐在山坡上，一边数着星星，一边聊天。

鸽子说："我们鸟类的尾巴真好，比飞机的舵还要灵巧。在天空中我们自由飞翔，全靠尾巴掌舵。"

"我们牛和马的尾巴也不错啊。"牛一边咀嚼着胃里反刍上来的草，一边慢条斯理地说，"可恶的苍蝇、蚊子落在我们身上，我们只要甩甩尾巴，准叫它们完蛋。"

大家谈得十分惬意，小兔子却哭了。大家都十分奇怪，问它为什么哭。

"我，我没有你们那样的大尾巴！"小白兔擦着眼泪说。

听小白兔这样讲，大家都乐了。笑了一阵后，马站起来，摆着长尾巴说："小白兔，你要真有一条我这样的长尾巴，还能跑得那么快吗？"

面对这一问，小白兔眨巴着眼睛想了一会儿，然后咧开三瓣嘴笑了。它挠挠后脑勺说："我把自己的长处看成短处了！"

111

蜜蜂和绢花

一位老艺人用绢做了几朵精美的玫瑰花，又在这绢花上洒上香水，使它散发出阵阵玫瑰花香。看上去，这绢玫瑰花比真玫瑰花还美，还香，人们都赞叹老艺人巧夺天工！

一群小蜜蜂飞来了，围绕着绢玫瑰花飞舞起来。不过，它们很快就飞走了，在窗外那朵并不十分好看的小雏菊上轻轻地落下来。

老艺人觉得很有意思，就问："小蜜蜂，你们为什么不落在玫瑰花上呢？"

"您不要见怪，"小蜜蜂谦逊地回答，"您做的绢玫瑰花确实比真的玫瑰花还美，开始也骗了我们呐！可是，我们区别花的真假，才不看它的颜色、外形和香味哩，而是看它有没有花蜜。老艺人哪，这就是我们不落在您做的那绢花上的原因。"

孔雀的羽毛和歌声

百鸟比美大会上，孔雀把金碧辉煌的大屏一展，顿时，激起场上一片喝彩声：

"真美啊！"

"多像一把缀满珍珠的宝扇！"

"好比傍晚斑斓夺目的彩云！"

……

在一片赞扬声中，孔雀高高地抬起头，得意极了。

这时，一只玲珑的小鸟飞来，请孔雀唱一支歌。

"唱一支歌，这有何难！"孔雀耸耸肩膀，就放开喉咙唱了起来。可是，再也听不到喝彩声了。孔雀环视左右，终于意识到，自己的歌声远远不及羽毛那么动人。于是，孔雀脸一红，低下头，赶忙收拢了大屏，喃喃自语道："我怎么忘记了，我的声音是多么刺耳！……想到自己的优点，也别忘了自己的不足啊！"

115

牡蛎

　　说起来难以令人相信。一只牡蛎爱上了月亮。每当月亮圆圆的脸出现在天空，被爱情征服的牡蛎就张开硬壳，一边长吁短叹，一边盯着月亮，度过漫长的黑夜。

　　螃蟹发现了这个秘密。

　　"哈哈！原来如此！"螃蟹心里说，"这是品尝牡蛎肉的最佳机会！我绝不放过！"

　　第二天晚上，幻想着爱情的牡蛎，望着天上一轮明月，重新张开了硬壳。螃蟹悄悄地爬过去，往牡蛎壳里扔了一块小石头。

　　受惊的牡蛎十分恼怒，立刻把壳合上。不料，小石

头卡在中间，不论牡蛎怎么使劲，壳儿也合不上了。这时，螃蟹伸出两把大钳子。夹住牡蛎的壳，一用力，就把壳打开了，露出了牡蛎的肉。

"谁叫你粗心大意，把自己的秘密露出来！"螃蟹一边吃掉牡蛎，一边说，"再说，你异想天开，爱上了月亮！你也不动脑筋想一想，月亮能爱你这样的傻瓜吗？"

酒徒和金鱼

　　酒徒家里养了几尾金鱼。小小的鱼缸放在桌上，给死气沉沉的小屋添了几分生气。

　　有一天，酒徒喝得醉醺醺地回家来，衣服兜里还装着一瓶酒。他一眼看见桌上的金鱼缸，就跌跌撞撞地走过去："嘿，我的小金鱼！来，咱们干一杯！……怎么？不喝？那怎么行呢？喝酒人的朋友一定也会喝酒！来，干杯！干！"

　　酒徒把一瓶酒倒在鱼缸里。小金鱼上下游动，痛苦地挣扎着，最后肚皮朝上躺在水面上了。

　　酒徒却说："不要耍酒疯！"

彩虹

雨过天晴，被骤雨冲洗得碧蓝的天空，飞架起一条彩虹。红、橙、黄、绿、青、蓝、紫，七种颜色交相辉映，是那么和谐，那么绚丽，像一首彩色的诗。

　　一对雪白的天鹅在彩虹边飞过，真诚地赞叹道："彩虹啊，你真美丽，我们都为你骄傲！"

　　"可别这样，亲爱的天鹅，"彩虹谦虚地说，"我们只不过是一群普通的水滴，仅仅反射了一下太阳的光辉罢了。说真的，我们还远远不能把太阳所有的光芒全部反射出来哪！"

山鹰和蛇

每天读个好寓言

老山鹰教小山鹰飞翔，说："小山鹰啊，你要锻炼出坚强的翅膀，明亮的眼睛，锋利的喙和爪。"

小山鹰还小，还不懂母亲的教诲，问道："妈妈，这有什么用呀？"

望着孩子天真的脸，老山鹰思索了一会儿，

说："跟我去看看世界吧！"

老山鹰带着小山鹰在蓝天白云下飞翔，在秀丽的山川上盘旋。它们俯视广阔的大地。啊！大地葱茏苍翠，一派生机，万紫千红，欣欣向荣。小山鹰兴高采烈："世界多么辽阔，多么美丽啊！"

听着孩子的欢呼，老山鹰一声不响，又带着它飞向蛇岛。

翼下，波涛滚滚，蛇岛孤零零地蹲在波涛之中。蛇岛，多么可憎的世界啊！看，一条条花花绿绿的毒蛇瞪起仇恨的眼睛，咝咝怪叫，挺直脖子向上蹿动，妄图捕杀天上的飞鹰。那些老得掉光牙的毒蛇正在教小毒蛇磨牙……

小山鹰心头暗暗吃惊。老山鹰碰碰它的翅膀，说："我们的世界是美丽的。但是，在黑暗的角落里还有毒蛇！明白了吧，小山鹰⁈"

拔节而长的笋

每
天
读
个
好
寓
言

竹林碧绿，几株老竹子受着大自然规律的支配，叶尖儿露出了斑斑的黄色，在寒风中，有几片黄叶飘落下来了。而那些年轻的碧竹挺拔的身躯，在白雪的映照下更加苍劲。

冬去春来，几只蛤蟆爬出洞穴，一眼看见枯黄的竹叶，幸灾乐祸地狂叫："啊呀呀！不惧风雪的竹子也有今天呀！我要瞪圆眼睛看着你把叶子落光，老下去，弱下去，枯死掉！我要看看，你还有什么能耐戳穿我的肚皮！……"

蛤蟆很得意。

清新的春雨叮叮咚咚叩醒大地，可爱的笋"嗖"一声箭矢般穿射出来，锋利的笋尖不偏不斜正戳着蛤蟆的肚皮。

"别高兴得太早！"笋拔节而长，笑声朗朗，"请记牢，竹老笋生，后继有人！"

"竹老笋生，后继有人！"在清新的春雨中，在苍郁的竹林里，处处回荡着这清脆的声音。

125

葵花和老人

每天读个好寓言

一棵葵花长出了十多个枝丫。风一吹，枝丫轻轻摇荡，葵花心里十分得意：瞧，用不了多久，我这些枝丫都要长出花苞，那时，我该有多少美丽的花朵，又能结出多少葵花子啊！

万万没有想到，种葵花的老人拿着镰刀毫不留情地把十多个枝丫全部砍去了，一个也没留下。

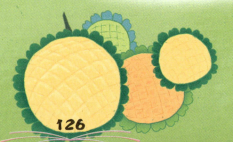

葵花只剩下主干上一朵孤单单的花苞。

"好狠心的老人，你为什么害我！"葵花流着眼泪埋怨。

时光飞快地流逝，丰收的季节到了。秋天的大地上一片金黄，果实累累。

葵花子大粒饱，花盘如同满月。它怀着丰收的喜悦，低着沉甸甸的头，想起了葵花老人，这才真正明白，在那毫不留情的镰刀下面，有一颗多么美好、多么善良的心。

127

避雷针和高楼

避雷针闪着白光，站在烟囱的最高处，从很远的地方就可以看见。

大楼看见避雷针站得那么高，心里很不服气，就和小草房、大瓦房一同发牢骚："避雷针算个什么东西！看它高高地站在一切之上，那个美劲儿！脑袋都乐成三瓣了！"

暴风雨来了，雷电交加。小草房被吓得魂不附体，瘫在地上。大瓦房被吓得脱了一层皮——瓦被吹掉了。这时，只有避雷针站在高处挺身而出，把叱咤的雷电捉住，赶到地下，救了摇摇欲坠的高楼。

每天读个好寓言

眼镜和眼镜盒

一天夜里，眼镜盒对眼镜说："你每天美滋滋地骑在人的鼻梁上，东张西望，看尽风光！可是，我却被塞在衣兜里，甚至干脆塞在抽屉里。别说看了，连听都听不见！这公平吗？"

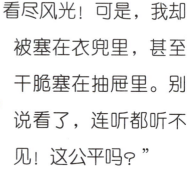

眼镜说："你是眼镜盒，我们各有分工啊。"

眼镜盒不服气："可是，我有铁的骨架，美丽的绒衣，还有金色的弹簧和镶着金属的边儿！我应该放在最显眼的位置上才对呢。"

眼镜苦笑着说："若是人们把你放在鼻梁上，还能看见什么呢？"

"那，那……"眼镜盒答不上来了。它又悄悄地躲到主人的衣兜里去了。

金蜜蜂

每天读个好寓言

蝴蝶遇到了蜜蜂，看见它奔忙的样子就问道："老弟，你干吗成天嗡嗡嗡，东奔西跑啊？"

"采蜜！"蜜蜂的回答很干脆。

"采蜜，采蜜！"蝴蝶有些不高兴，努努嘴说，"回答得太简单了！能不能告诉我，吸一囊花蜜需要飞多远？"

"两公里左右。"

"一公斤蜂蜜需要多少囊花蜜呢？"

"十二万到十五万囊。"

"我的天呀！"小蝴蝶叫起来，

"那，那，为了一公斤蜜，要飞多远呀？"

"二十四万到三十万公里。"

小蝴蝶被这巨大的数字吓了一跳，它摸摸自己的后脑勺，说："三十万公里！难道，你不累吗？"

"累？那不要紧！当你有了一个伟大的目标，劳动会使你感到幸福和自豪。你没看见，我总是扇动翅膀，跳着舞，唱着歌工作吗？"

蝴蝶张大了嘴巴，愣在那里，它怎么也搞不清楚蜜蜂讲的道理。

"小懒虫！"蜜蜂摇摇头，不再理会发愣的蝴蝶，提着小巧的花囊又到花丛中采蜜去了。

纪念碑

每
天
读
个
好
寓
言

英雄纪念碑高耸在广场中央，巍峨雄伟，头顶着湛蓝的天。白玉栏杆似云朵般皎洁，碑上的金色题词比霞光还要灿烂。

小燕子恋恋不舍地围着纪念碑飞了许久，仔细地看了碑上的金字和白玉浮雕，最后，飞落在白玉栏杆上。

"这是些石头呀，水泥呀，沙砾呀，"小燕子歪着头想，"一些普普通通的材料，为什么却成了这般庄严雄伟的丰碑？"

英雄纪念碑好像猜到了小燕子的心事，就深情地告诉它："是伟大的事业把我们团结在一起，伟大的牺牲把我们联结在一起，　　　　所以我们才这般庄严肃穆啊。"

纪念碑

白桦树

田野里长着两棵白桦树，一棵高大，一棵矮小。

小白桦扬头望望枝叶繁茂的大树，说："你长得真高！我什么时候才能和你肩并肩呢？"

"只要你快快长，赶上我是很容易的。"

"那得多少年月呀！"小白桦摇摇头说，"你能不能等等我？你长得慢点，或者，干脆就别长了。……我看，还是把园丁请来，用锯子把你锯掉一段，就和我一样高了！……"

小白桦的蠢话逗得满树的小鸟哈哈大笑。

高大的白桦树拉住小树的手说："别再说这些蠢话了。记住，要超过对手，必须自己加快脚步！"

白
★桦
树

137

大海和雨点

淡淡的一朵云，飘在大海上，洒下一些小雨点。

大海张开手臂真诚地说："欢迎！欢迎小雨点加入我们的队伍！只要和波涛融在一起，你也会变成一朵浪花的。"

听见大海欢迎小雨点，礁石的心里很不舒

服，对大海说："干吗欢迎这一滴水？少了这一星半点，你照样是大海嘛！"

大海摇摇头，严肃地说："没有一星半点，哪来的浩浩荡荡！我们大海的力量就是这样形成的呀！"

无用的小刀

一把小刀，十分漂亮：银光闪闪的刀鞘上镶着宝石，象牙的刀柄系着名贵的金丝穗。小刀因此感到十分得意。

一次，小刀去削铅笔，一连五次，都因为刀刃不锋利，把笔芯弄断了。

铅笔忍不住了："快住手吧！"

　　小刀却解释说："我有象牙的刀柄，名贵的金丝穗，我的银色的刀鞘，要多美，有多美……"

　　铅笔不愿再听小刀的啰唆："可是，你是一把不中用的小刀啊！"

　　论飞，鹰飞得最好，百鸟都向鹰学习。鹰知道了，心里又高兴又不安。从此，它每天起得更早，太阳刚刚露头，它就腾入云天，翻飞在彩霞之中。飞呀，练呀，直到汗水打湿了周身的羽毛。

　　麻雀十分纳闷，就问："鹰啊，你飞得最好，百鸟都向你学习，干吗还要天天练，自找苦吃，飞个没完呢？"鹰一听，笑了，说："只有这样，才能永远走在前面呀。"

天鹅和鸭子

在同风暴的搏斗中，天鹅的翅膀受了伤。它忍着巨大的痛苦，艰难地落在河滩上。肥头胖脑的鸭子正躲在芦苇丛中避风，看见天鹅痛苦地皱起眉头，不但不去营

救，不表同情，还走到天鹅跟前挖苦起来：

"天鹅，你飞得那么美，怎么也叫暴风折了翅膀？嘻嘻，奇迹，奇迹，奇迹！"

天鹅忍住伤痛，昂起高傲的头，回答道："在同风暴搏斗中折了翅膀是勇士的光荣！伤好了，我依然冲入云霄。可是，你呢，只能一辈子摇摇晃晃地走路。"

瓷猫和老鼠

"啊呀！救命！猫来了！"一只小老鼠失魂落魄地钻进洞里。

"猫在哪儿？"大老鼠急忙问。

"在……在……洞口！"小老鼠双腿发抖，舌头都不好使了。

"在洞口？"大老鼠又问。

"在洞口。刚才我撞在它身上了！"小老鼠指手画脚地说。

"撞在身上？那还不把你捉了去！"大老鼠觉得奇怪，就趴在洞口张望。啊，果然是一只大猫，一只样子很凶的猫！大老鼠揉揉眼睛，仔细地看着，发觉大猫有些异样：猫身上怎么油光锃亮，没有毛呢？大白天猫眼睛怎么瞪得溜圆呢？……狡猾的大老鼠故意"吱吱"叫了两声，可是，猫毫无反应，连胡须都没有动一动！不，根本就没有胡须！

　　"这不是真猫！"大老鼠判断着。可是，它还是小心翼翼地在洞口研究了许久，最后得出结论："这是一个玩具！一只瓷猫！"

　　一群老鼠吵闹着从洞里钻出来，往瓷猫身上吐唾沫，把过去和现在对猫的仇恨都发泄出来了。

　　瓷猫的主人发现了这幕恶作剧，摇着头说："再凶的假猫也捉不住真老鼠！"

松树的种子

长白山的松树结了很多松塔。松塔里住着健壮的松子。

雷电交加的黑夜，松树跟风雨英勇搏斗，松子看见了；大雪纷飞的严冬，松树坚强不屈，松子也看见了。松子心里充满了对长辈的崇敬。

"我们也要长成一棵棵大松树，变成一片大森林。像爸爸妈妈那样同大自然做斗争！"一群松子说。

"有志气！"正在采集松子的交嘴鸟兴奋地说，"瞧，远处的山坡光秃秃的，你们到那儿去吧！你们一定能变成一片茂盛的森林！"

一棵小松子从松塔里探出脑袋往远处瞧了一下，说："那么远，又那么荒凉，我才不去呢！我要留在这儿，留在妈妈的裙子边。这儿风吹不着，雨打不着，太阳也晒不着，多么舒服！"

听见这种没有出息的话，交嘴鸟摇了摇头说："那样你可就不能长大成材了！"

"怎么不能？"小松子歪着脑袋强辩道，"能！一百个能！爸爸妈妈会帮助我。"

说罢，小松子从松塔里跳出来，落到大松树的脚下。

交嘴鸟长叹一声，就帮助别的松子飞到那秃山坡上去了。

十年以后，那片光秃秃的山坡变成了茂盛的森林。可是，大松树裙下的小松树却只有两尺高，又瘦又小，树尖儿焦黄。

一天，交嘴鸟看见了这棵可怜的小松树，马上皱起眉头，晃晃脑袋说："哎，我早就讲过，成天在妈妈裙边混日子是不会成材的！"

每天读个好寓言

麻雀练嗓子

为了迎接一年一度的《春之歌》音乐会，太阳还没有露脸，麻雀就开始练嗓子了。它天天早起，很是勤快，可惜没有一个切实可行的计划，也没有一个明确的奋斗目标，只是重复着叽叽喳喳的老调。

"何必多动脑筋呢！

这样唱，我习惯得很哪！"麻雀十分自得。

春天，盛大的音乐会隆重开幕了。百灵、黄莺、夜莺都受到热烈欢迎，只有麻雀被责备了一顿："前年叽叽喳喳，去年叽叽喳喳，今年还是叽叽喳喳！音乐会是表演优美歌曲的地方，可不是叽叽喳喳的地方！"

麻雀觉得委屈，哭丧着脸说："我每天都起得很早哇！我天天都练嗓子呀……"

每天读个好寓言

香蕉花和麻雀

　　雨中，溪边一棵香蕉树上落着几只躲雨的麻雀。这群多嘴多舌的家伙，在风雨中也唇枪舌战，叽叽喳喳、东拉西扯地说个没完。

　　"瞧！这棵香蕉树，多么可怜，瘦得皮包骨头！"

　　"是呀，真可怜，叶子都破成条条了！"

　　"废物一个，将来什么果也不会结出来！"

　　……

　　盛开的香蕉花听见麻雀的信口胡言却认真起来，心里一阵难过，泪水伴着雨水一起流下来。

　　当风雨过后，太阳一露头，麻雀全飞走了。香蕉花

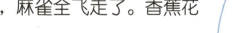

仍然在流泪。

"孩子，出了什么事，这么伤心?"太阳公公问。

香蕉花把原因说了。

"哈哈哈!"太阳公公笑了，说，"何必为不负责任的叽叽喳喳费心思呢! 今天，你开了美丽的花，何愁明天不结香甜的果呢? 到时候，那群叽叽喳喳的东西说不定还会向你唱赞歌哩!"

果真如此，当一串串金黄色的沉甸甸的香蕉挂在枝头的时候，麻雀们飞来了，整日唱着赞美诗。

勇士和仙女

在古战场上，经过浴血的战斗，只剩下一个勇士。夜幕笼罩着苍茫的大地。这时，杀声、叫喊声、炮声、马嘶声、号角声、刀剑的撞击声都沉寂了，只有几只鹫在尸体堆上无声地盘旋，时而发出一声声凄厉的怪叫。好一幅目不忍睹的画面！

勇士骑着马在战场上徘徊。突然在他面前出现了三位仙女。

"勇士，我们是过去、现在和将来三姐妹。眼下，你愿意跟谁走呢？"

"跟谁走又怎么样呢？"勇士望望仙女，问。

每
天
读
个
好
寓
言

　　"跟我走，"过去说，"你将沉醉在过去的战功和荣耀里。你只会有美好的回忆，而不会再有伟大的作为。"

　　"我不能跟你走。"勇士说。

　　"那就跟我走吧！"将来说，"跟我走，你会永远生活在可望而不可即的希望中。不过，因为有了希望，你会感到幸福。"

　　"不。"勇士摇摇头。

　　"跟我走好吗？"现在说，"我是实实在在的，跟着我，你将遇到无数艰险和激烈的战斗。"

　　勇士毫不犹豫地说："好吧，我跟你走！"

蓝角马和鬣狗

成群的蓝角马在草原上悠闲地吃草，突然鬣狗如黑色的旋风包抄上来，围住了一匹小马。

蓝角马群惊恐万分，四处奔逃。可是，当它们发觉鬣狗都在抢夺着猎物蓝角小马，没有追赶自己的时候，一个一个便停住了脚步。它们像一群蠢头蠢脑的木偶，望着鬣狗怎样撕碎自己的同胞。

"我现在是安全的！"一匹母蓝角马感到很侥幸。

"我也是安全的！"

"我也没什么危险！"

······

阿牛听见了蓝角马的话，十分恼怒。它吼叫道："这是可悲的安全！谁做朋友灾难的旁观者，谁必将遭到同样的灾难！"

果然，鬣狗把小蓝角马的骨头吞下去以后，马上又开始了一场新的屠杀。这一次，那头母蓝角马成了它们的猎物。

每天读个好寓言

蝴蝶和蚂蚁

蝴蝶夏天不做工，到了冬天只得到蚂蚁家去乞讨。蚂蚁问它夏天干什么了，蝴蝶回它，唱歌和跳舞啦。蚂蚁嘲笑道："您还是在雪地里继续唱歌和跳舞吧！"结果蝴蝶冻僵在雪地里。

夏天又到了，蝴蝶在花丛中飞来飞去，跳舞

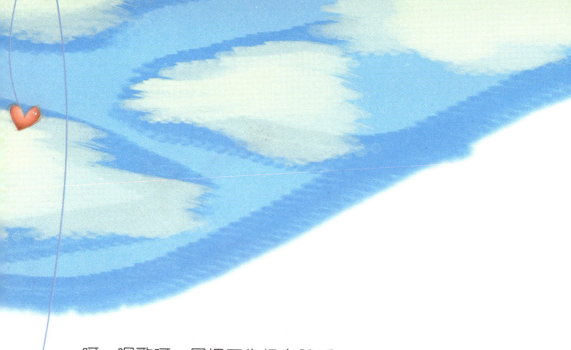

呀，唱歌呀，早把工作扔在脑后。

"小蝴蝶，你就不能记住历史的教训？"蚂蚁说。

"什么历史啊？什么教训啊？"蝴蝶高傲地仰着脑袋，"我已经不是毛孩子，我知道应该怎么办！我倒要告诉你，我们生活在新时代啦！"

"新时代的人，难道就不需要吃饭了吗？"蚂蚁挖苦着蝴蝶。

不料，蝴蝶却理直气壮地回答："生活在旧时代，有饭吃又有什么意义呢？"

可是到了冬天，蝴蝶和它的"新时代"都被大雪埋葬了。

每天读个好寓言

孔雀和八哥

在比美大会上，一只小八哥落在孔雀身旁。高傲的
孔雀望了一眼八哥，说："你瞧瞧我，凤头优美雅致，
羽毛金光闪闪，大屏光彩夺目。再瞧瞧你，浑身上下像
一块黑炭，简直就是一只丑陋的乌鸦。你怎么配跟我站

在一起呢？吓！"

小八哥没有理睬趾高气扬的孔雀，放开喉咙唱起歌来。歌声是那样婉转动听，就像美丽的草原上吹来一阵清风，又似泉水潺潺地流向远方……

孔雀越听越惭愧，不由得责备自己说："孔雀啊孔雀，你的凤头、羽毛和大屏是比小八哥漂亮，可是，美仅仅是华丽的服饰吗？"

蛇、鹰和青蛙

　　湖岸上，一条凶恶的蛇横行霸道，闹得周围的青蛙不得安宁。惶惶不可终日的青蛙听见一点动静，就马上钻进藏洞，连大气也不敢喘。

　　一天，飞来了一只鹰，啄死了蛇。青蛙们心里痛快极了，都来湖岸上跳舞。

　　"我早就说过，蛇是个坏家伙！"一只青蛙说。

　　"你知道，我是咒骂过蛇的！"

"那又算得了什么？我和蛇进行过面对面的斗争！"

"我曾经把唾液吐在蛇的脸上哩！"

……

这时，老鹰飞回来，把死蛇扔在草地上。青蛙一见蛇，还没弄清它是死是活，就一个个逃得无影无踪了。

每天读个好寓言

虔诚的农民

　　一个虔诚的农民每天都向龙王顶礼膜拜。可是，滔滔的洪水照样吞没了他的田园和房屋。在苦难中，他更觉得龙王威力无穷，对龙王也更加敬畏。

　　洪水退去后，受难的人们纷纷回到家园。虔诚的农民决定到龙王庙去上供。

　　"算了吧！"他的好朋友出来劝阻，"如果龙王真有灵，他就不该淹没我们的田园和房屋，叫我们受那么多苦。"

　　"不，龙王是仁慈的！"虔诚的农民带着仅有的一头小猪去上供。当他跨进庙门，刚跪在地上的时候，被

165

水淹过的龙王庙倒塌了。虔诚的农民被埋葬在瓦砾之中……

被遗忘的种子

几粒葵花子被遗忘在路边。

"哎，我们是多么不幸啊！我们被人遗忘，成了可怜的孤儿了！"葵花子流着眼泪说。

路边是麦田。正准备过冬的麦苗轻轻地咳嗽一声，说："朋友，马上就要下雪了。你们现在需要的是积蓄力量，度过严冬，准备迎接明媚的春天。

眼泪流得太多，会丧失力量，当春天来临的时候，你们怎么办？"

下雪了。厚厚的雪盖住了麦苗和葵花子。麦苗不再讲话，葵花子也止住了泪。

春风掀去了雪被，它把大地染成翠绿色。麦苗醒来了，几颗葵花子也把脑袋探出大地，吐出了绿芽。

当麦子成熟的时候，葵花也开了花。沉甸甸的麦穗看了一眼硕大如盘的葵花，深情地说："朋友，大地永远不会遗忘自己的儿女，除非它们自暴自弃！"

每
天
读
个
好
寓
言

鹦鹉和羚羊

狮子明目张胆地捕捉着猎物，鬣狗则偷偷摸摸地加害于牲畜。它们屠杀别人的手段各不相同。

鹦鹉坦然地坐在大树上，一边悠闲自得地喝着咖啡，一边摇头晃脑地分析道："狮子和

每
天
读
个
好
寓
言

鬣狗是有区别的，而且有本质的不同。狮子要吃肉，要喝血，要杀几个生灵消遣一下，都是明目张胆地干。这叫光明正大！而鬣狗总是偷偷摸摸，鬼鬼祟祟，从来都是趁人不备从背后下毒手的。这叫阴谋诡计！卑鄙得很哪！"

死里逃生的羚羊听见树上鹦鹉的阔论，十分痛苦地扬起受伤的脖子，说："可是，狮子和鬣狗加在我们身上的灾难是相同的啊！"

车轮和石磨

一辆牛车停在石磨旁。车轮看着正在磨面的石磨，突然哈哈大笑，说："瞧，石磨这个蠢劲！不停地转啊转，可是，总在原来的地方不动窝儿！"

石磨一边磨着面粉，一边答道："你说得对，我总是在原来的地方。不过，如果我也像你那样到处走，那我还能磨面粉吗？"

石磨一边慢条斯理地讲着，一边把麦子磨成像雪花一样洁白的面粉。

车轮仔细地望望石磨，脸上嘲弄人的神情消失了。这时，石磨又开口了："说真的，从物理学机械运动的角度上看，我们还是一家人呢。所不同的是，运动方式有别，各有各的作用而已！"车轮的脸刷地一下子红了。

老黄牛和小灰兔

春天姗姗来到了，小河上的冰悄悄地融化着。

一头老黄牛拉着一大车干柴，气喘吁吁地来到小河边，准备蹚过去。可是，当它听见咔嚓咔嚓的声音，就有点犹豫不决了。

这时，一只轻盈如燕的小灰兔从对岸跳到冰上，三蹦两跳就过了河。一上岸，小灰兔摇摇长耳朵，转着灵活的眼珠，向老黄牛招招手，然后钻进鸟声啾啾的林子里去了。

"嘿嘿！我为什么这么傻里傻气啊？难怪别人都叫我笨牛！瞧，人家小兔子三蹦两蹦就过了河，也没有从冰上掉下去，我为什么要担心呢？真笨！真笨！"老黄牛一边责骂自己，一边高高兴兴拉起车走上冰河。但它还没有走出三步，只听"咔"的一声，冰就被沉重的车轮压裂了。"扑通！"老黄牛和它拉的车都掉进了冰冷的河水里。

幸亏有人路过这里，才救起了老黄牛。可是，直到今天，老黄牛仍不明白，为什么小灰兔可以轻巧自如地过河，而它却不能？所以，它常常低头沉思，连咀嚼食物的时候，也反复琢磨着这个问题。

科学家和定律

像宙斯抓闪电一样，科学家捉住了一个定律。科学家把定律带回实验室，扔到火里燃烧，又浸入水里冷却。他像个铁石心肠的人，一次又一次地严厉批判、故意非难、仔细考察着定律，甚至为它准备了断头台和绞刑架。

定律看见科学家严峻的面孔，不觉流下了眼泪：

"亲爱的科学家，你呕心沥血，甚至不惜自己的生命才捉住了我，可是，你又为什么这样对待我？"

"我的孩子，"科学家蹙紧眉头，一边做着实验，一边回答，"在科学事业中，真正的爱都是严厉的。我这样做的目的，只是希望：在我化成尘埃的时候，你仍能立足于世界！"

有耐性的鹭鸶

细雨蒙蒙，飘飘洒洒。

大清早，鹭鸶就蹲在池塘边，它连蓑衣都没披，浑身上下早湿透了。蜻蜓飞过来，看见鹭鸶站在那儿像块木头，心里觉得十分奇怪。傍晚，蜻蜓飞回来，又见鹭

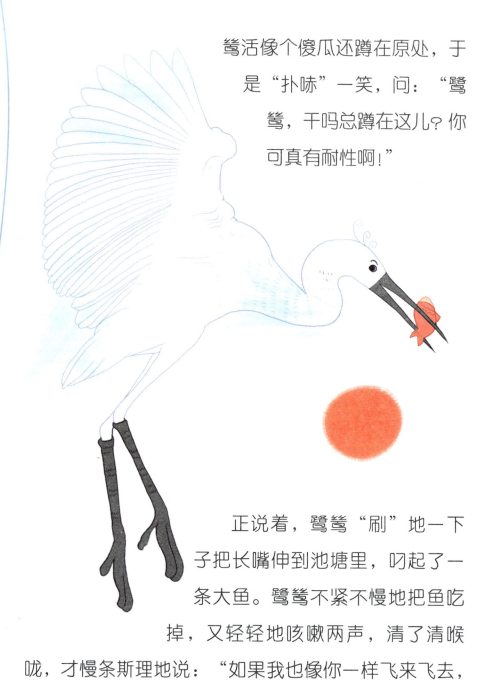

鸶活像个傻瓜还蹲在原处，于是"扑哧"一笑，问："鹭鸶，干吗总蹲在这儿？你可真有耐性啊！"

正说着，鹭鸶"刷"地一下子把长嘴伸到池塘里，叼起了一条大鱼。鹭鸶不紧不慢地把鱼吃掉，又轻轻地咳嗽两声，清了清喉咙，才慢条斯理地说："如果我也像你一样飞来飞去，还能捉到鱼吗？朋友，耐性也是一种美德啊！"

牙膏被挤在牙刷上，去清除沾在牙齿上的污物。牙膏觉得委屈，很不乐意地说："我像雪那么白，似玉兰花那么清香，怎么能在令人作呕的牙齿上磨来磨去呢？要知道，我是科学家们精心研制出来的高级物品！低贱的活，我坚决不干！"

　　牙膏"骨碌"一滚，在桌子下面藏了起来。一年以后，丢了牙膏的孩子发现了它。这时，它已经邦邦硬，简直像一块石头。孩子什么也没有说，就把这支牙膏扔到垃圾桶里去了。

被咒骂的老猎人

老猎人刚刚打死一匹灰狼，正坐在树桩上擦枪。一只小杜鹃飞落在他身边，睁大眼睛，十分吃惊地问："老猎人，您还健在？"

老猎人理理雪白的长须，拍拍结实的胸脯，说："当然！我跟老橡树一样粗壮呢！"

"真的？"小杜鹃还有些不相信，"我在树林里，听见狼群在嗥叫，说你发了瘟病，眼看就要死去。它们正准备把你撕碎哪！"

　　老猎人一听，仰天大笑。朗朗的笑声震得树叶瑟瑟作响。老猎人端起闪闪发光的猎枪，向小杜鹃眨眨眼："叫它们咒骂去吧！狼的咒骂是猎人的光荣啊！"

每
天
读
个
好
寓
言